U0468014

倒卷皮

桑格格 著

新星出版社 NEW STAR PRESS

难得一见的纯粹之诗,简直就像仙女写的。它们不仅延续了《小时候》的天真与幽默,也有了《小时候》没有的一些新的东西,毕竟格格也在一天天长大。

格格让我写序,我就写这么多,再多就会影响大家对诗歌的阅读了。

现在,静下来,手指轻轻划动书页,开始阅读桑格格的诗。

小时候与倒卷皮

何小竹

编完桑格格这部诗集,我对她说,这部诗集可与你的《小时候》媲美,即:《小时候》这部小说有多好,《倒卷皮》这部诗集就有多好。

我读《小时候》,就觉得它是没分行的诗,语言既干净又生动,故事结构偏离常规小说的写法,一个个跳跃的片段,形式上更接近诗。

读《倒卷皮》这部诗集,我又感觉像在读小说,一首诗就是一个小故事,语言同样既干净又生动,叙述上则又偏离一般抒情诗的写法,更接近小说。

桑格格这部诗集是从2016年开始写的,一直写到2020年,部分诗歌在她个人微博和微信朋友圈贴过,不仅被众多喜爱《小时候》的读者所喜爱,也被韩东、杨黎、吉木狼格、小安、张执浩、小引、艾先、林东林、方闲海、芦哲峰等诗人高度赞扬。我也认为,这些诗是当今

目录

小时候与倒卷皮_I

倒卷皮_1

香槟_2

缠绵_3

谁在外面_4

以松鼠之名_5

虫子想起后悔的事_6

犹豫过_7

新衣服_8

布鞋_9

地心引力_10

关于袜子的难题_11

魔术师_12

仲春_14

雨中的花束_15

鸟叫_16

磕头_17

我妈养金鱼_18

延误_19

得意的喜鹊_20

星球大战_21

散步_22

烦人的事_24

回形针和大头针_25

能啊，可以的_26

又比如_27

轻飘飘_29

委屈_30

蝴蝶_31

马头琴_32

绿度母_33

云烟处_34

他从梦中来_35

倒卷皮

喝了一泡茶_36

盛夏_37

在这个季节你有没有摘一朵棠棣花插在瓶子里_38

醉扶归_39

说法_40

盛装舞步_41

芙蓉花_42

安检_43

公用自行车_44

无尘殿_45

买了一个小红包_47

可怜的世界_48

珍珠耳环_49

小瀛洲_50

三姐在梦中喊我_51

寄存_52

电影里的路_53

朗玛厅_55

跑鞋_56

排队的狗_57

秋天来了_59

可能是最后一声蝉鸣_60

杨云哥哥_61

面_63

电视塔_64

病茶花_65

时间易不易逝_66

死得其所_67

假祖母绿_68

将心比心_69

随便最好_71

想一想_72

浓雾_73

枇杷叶_74

不知道是雨还是雾_75

你和雪_76

大雪和竹子_77

彤云的彤_78

腊梅_79

晚霞_80

快递员小秦_81

奥巴马_82

其实不是_83

是这样的_84

累_85

入蜀记_86

从博物馆出来_87

天赋_88

合理的路_89

一条野狗_90

老三_91

窒息_92

一首可怜的小诗_93

真的是这个时间_94

不如偷花_95

减肥的话_96

追夕阳_97

衣领净_98

吸尘器_99

这个人不简单_100

爱他爱读书_103

要不要吃橘子_105

上午_106

最早的春天_107

还是长大好_108

怎么度过雨季_109

古梅是什么样子_110

豆豆回去了_111

白月季_112

一天的春天_113

白发魔女_114

樱花树下_115

都好吃_116

去年的樱花_117

离开樱花_118

去过北方_119

山上的生活_120

皁罗袍_121

半山_122

倒卷皮

瓜娃子_123
不要在下雨打雷的时候站在树下_124
钦若_126
帕蒂_127
惊人的相似_128
桃花源_129
手挥五弦_130
光晕_131
关于从老家那边下过来的雨_132
每当这个时候_133
放松_134
夸出一朵花_135
勃拉姆斯先生,生日快乐_136
养神_137
礼物_138
入辋川记_139
北斗七星_140
你感到幸福_141
黄了十次_142

初夏_143
吃嘛_144
天尽头_145
夏风_146
有礼貌的小哥_147
获得一些盐分_148
回见了_149
公交车_150
蜂鸟_151
摇铃铛的虫_153
人生境界_154
傍晚_155
刚才碰到了天使_156
你能听到我的声音吗_158
烤肉串_159
牧羊_160
雨打湿了花朵_161
江心的寺_162
马蜂_163
泉水_164

倒影_165

远古_166

为什么搬家_167

一切的开始_168

衬衣_169

纳家户清真寺_170

路过一座寺庙_171

幻象_172

眼睁睁_173

立秋_174

镜中_175

不可描述_176

同志,再见_177

的士票_178

庇护_179

大雨_180

天好蓝_181

听布鲁克纳第九交响曲第三乐章_182

梦里的人_183

外面听不见_184

胸针_185

等_186

多少是好_187

蝴蝶结_188

散步2_189

冬_190

这个冬天_191

腊梅开了_192

梦里的房子_193

秋千上总是有人_194

回来的时候你可以坐公交_195

春天最早开花的到底是什么树_196

在有肺炎的春天_197

剩下的事_198

警觉_199

志愿者小朱_200

猎户座的三颗星星_201

倒卷皮

人家没有这个意思_202

樱花树下2_203

采茶_204

春笋_205

四分之一和二分之一_206

可能性为零_207

噩梦_208

鸽子_209

蜘蛛_210

水杉树_211

枫树间_212

贺姑爷_213

第一次看见树蛙_215

爱干净_216

啄木鸟_217

成熟_218

真假女兵_219

那么快_220

她在草地上遇到一只叫作小豹子的蝴蝶_221

非常炎热的傍晚_224

两种激动_225

入秋_226

认识宇宙的方式_227

法力很弱的巫婆_228

饿_229

关于逻辑和自理能力方面的控诉_230

按脚_231

写不好_232

可以睡了么 _233

这里太适合给一个人拍照了_234

温度_235

半径_236

花草誓_238

影子 _239

雨停了_240

鸟叫2 _241

艾略特、何小竹以及动车_242

倒卷皮

拿着手机
坐在太阳地里
是背朝太阳的
想啊
写点什么呢?
看看天,写点天
看看远处的山
写点山
看看自己的手指
咦,于指上有个倒卷皮
一扯
狗日的
扯流血了

倒卷皮

香槟

喝了三杯香槟
这种酒
一喝就开心
看着眼前
走来走去的人
我想一下子
抱住一个

缠绵

让我想起海螺内部
里面空气的走向
吹一口气
一步三回旋
能不能吹到
你的耳边
面庞、脖子
以及胸膛上

倒卷皮

谁在外面

一个人待久了
太静了
把手屈起来
在桌子上敲
有节奏的,像是敲门那样
笃,笃笃笃
明明是自己敲的
心也跳起来——
想站起来问:
谁啊,在外面?

以松鼠之名

老九说我像个松鼠
我问为啥呢
他说你每天瞪着个
大眼睛,啥也不知道
就知道玩
捧着个手机像是
捧着松果
啃个没完
我牵了牵他的手
像一只真的松鼠那样
安慰了他
他每天都太忙
要做的事情太多
我都有点不好意思

倒卷皮

虫子想起后悔的事

深秋走在花园里

听草丛里的虫子叫

仔细听，它是这样叫的：

哇呀呀呀呀呀

稍微隔上一秒钟

又是一声

哇呀呀呀呀呀

虫子好像想起

什么后悔的事

想起来就叫

想起来又叫

犹豫过

公交车来了
我快跑两步
冲司机招了招手
车没有停
司机偏头看了我一眼
应该是测量了一下
我跑过去的时间
犹豫了大概两秒
还是把车开走了
我不怪他
他犹豫过

倒卷皮

新衣服

一件新衣服
挂在面前
这么的新
我看了又看
想了又想
要不要穿呢
穿了的话
需要洗
洗了要晾
晾干了要熨
但熨得再平
它也恢复不了
现在的模样

布鞋

前几天看到一个句子
"巨大的宁静犹如洁净的布鞋"
其实原话不是这样的
但我记在脑子里之后
就变成这句了
我总是默默在嘴里念
巨大的宁静
犹如洁净的布鞋
念完了,我决定去找布鞋
我也有一双布鞋

倒卷皮

地心引力

坐在家里无事
下午的人都在忙
一只鸟在栾树上蹦跳
我坐在书房的椅子上
感到了地心引力
很重,把人往下拉
我不得不瘫在椅子上
眼睁睁看着那只鸟
从这个树枝
跳到另一条树枝

关于袜子的难题

头疼啊,不配对的袜子
各式各样的单只袜子摆满了柜子
它们在生活里怎么失散的
不可知,又无法阻止
拿它们一点办法也没有
我唯一可以坚持的
不穿不一样的袜子
希望在一次次洗涤的轮回中
让它们再次相遇

倒卷皮

魔术师

小时候的一天
我爸带我去工人俱乐部
看了一场魔术演出
那个魔术师站在舞台上
问：你们有什么想要的东西
可以写个字条递上来
大家窃窃私语、半信半疑
但真的有人递字条上去
那个魔术师怎么变的
年代太久远，我记不得了
只记得，有一个人上台
领走了一个钢精锅
还有一个人领走了一个暖水瓶
当第三个人从台上喜笑颜开
领走一个收音机的时候
我爸也递上去字条
他想要一只金眼的鸽子

魔术师对他摇摇头，笑了一下
我爸也笑了一下
对我说，龟儿子的
我就不信他真的变得出来

倒卷皮

仲春

在窗边看书
讲三十年前国营工厂
外面新绿一片
鸟叫得凌乱
人恍惚起来
叹口气,站起来
人要活这么久
不能什么都记得啊

雨中的花束

蒙蒙细雨

雾气中,走着

一个妇女

她怀中抱着一束花

花束在阴雨中

湿漉漉,十分鲜艳夺目

突然花束转过来

出现一张娃娃的脸

那束花,原来是娃娃

的一顶帽子

鸟叫

养鸟的老头

在山间的树杈上

挂了三个鸟笼

每个笼子都有一只鸟

叫声婉转嘹亮

他在笼子下抽烟

路过的人停下来听一听

有个老太太问老头

你能听懂它叫的啥内容不

老头灭了烟头

说,听不懂

磕头

在泰安古寺
给菩萨磕头
磕着磕着
愣在蒲团上
我忘记
磕到第几个了

倒卷皮

我妈养金鱼

第一次喂多了
金鱼胀死了
第二次,水换勤了
又死了
第三回,不敢换水
水里长了沙虫
金鱼使劲吃
又胀死了

延误

送我妈到机场

航班是经常延误的

消息一播送完

每个人脸上都露出沮丧

只有我妈

何安秀女士

兴高采烈地说

又可以和你

多待一个小时了

倒卷皮

得意的喜鹊

有一只鸟
可能是喜鹊
站在自己的窝上
(这很明显是它的窝)
那个窝可了不得
特别大又特别深
往下蔓延至
三五个树杈
我想了想
算是见过最大的鸟窝了
那鸟也深知这一点
站在窝上扬扬得意
有点太得意了
风逆着吹散它背上的羽毛
它别过头来
矜持地啄了又啄

星球大战

看星球大战
配乐太响了
吵得我难受
简直要吐了
电影一结束
我就跑回家
立刻上床
用被子盖着
受了委屈
我就这样的

倒卷皮

散步

我想给你说说
下午散步的事情
直觉就想往那里走
和闹市是两个方向
它们就在闹市附近
一片残留的老瓦房
门口的路已经是市政道路了
居然还有一眼井
住在这里的人严格说来
并没有背井离乡
他们还在老瓦房里打麻将
只不过绿化带里种着的
不是城市常见的绿化植物
而是番茄、辣椒、玉米、茄子
居然连紫苏叶也有
我们原来的家也种过的
一个老太太站在屋门口

篱笆围墙没有了
一眼就看见了屋里的情况
还有灶台,还有堂屋
堂屋中间还有祖宗牌位
不知道为什么给你讲这些
你不会来到这个地方
但是,我还是想给你说说
我在这里想起了你

倒卷皮

烦人的事

不知道为什么
特别心烦
烦得不得了
想了半天
到底为什么
不是因为这样
也不是因为那样
后来终于想明白了
一想明白
我就安静下来
不觉得烦了
这个原因是
我今天说了
一些感人的话
这个感觉
特别烦人

回形针和大头针

一堆回形针
以及大头针躺在地上
我站住看了一会儿
凝视回形针和大头针
谁打翻了文具盒吗
不,它们是没能把路
别在一起
做了很多尝试之后
依然失败了
绝望地躺在地上

倒卷皮

能啊,可以的

阿米说
昨天晚上散步
和她先生一起
月亮实在是亮
太好了太感动了
能不能写成一首诗
我说能啊
可以的

又比如

走在一条路上
竹子在两边拢着
幽幽的,又静
没人
和他走在这里
就好了
大片才修的高楼
黑黢黢的洞,没窗户
硬的水泥,冷
没人
和他住在这里
才烆得热
这些都不可能发生的
但我最喜欢这样想
还越想越激动
又比如,我在国外
独自生活多年

倒卷皮

他来找我,来我的小屋
屋子里什么样子我早就想好
不大,颜色柔和的织物
圆弧巴洛克式的浴缸
他有点疑惑地站在门口
拎着他的行李
我说来来来,请进来

轻飘飘

为了见一个男的
她减肥了三十多斤
男的避而不见
她只有
轻飘飘地
回来了

倒卷皮

委屈

一个娃娃家
饭量实在太大了
在饭桌上被大人
狠狠敲了一筷子
她就不敢再多吃
除了饿
她还感到委屈

蝴蝶

看见一只蝴蝶
飞在灌木丛上
姿态轻盈
我觉得当蝴蝶真好
啥也不做
只管飞

倒卷皮

马头琴

我喜欢马头琴
可以说很迷恋
但是不喜欢
马头琴
模仿马的声音

绿度母

老大的情人是一个演员
长得漂亮
但跟老大的时间有点长
待遇不是很好了
钱也给得少了
后来,老大信了藏传佛教
带情人去藏区
情人被藏民们顶礼膜拜
因为她曾在一部电视剧里
演绿度母
老大很惊喜
情人的待遇恢复了
比以前还要好

倒卷皮

云烟处

还在很远的地方
山只是淡青色的山峦
我指着山峦上的烟云
说,一会儿我们去那里
你说这是真的吗
我笑,有什么真的假的
从这里到那里
开车最多一刻钟

他从梦中来

他昨晚从梦中来了
让她跟他回去,过以前的生活
我说这是个好梦
她说不,在梦里他也不是真的
梦见的人不知道是谁
那个人说,我不是他
只是你太难过了
我变成他,来安慰你

倒卷皮

喝了一泡茶

下午，闷热
泡了一泡茶喝
滋味和以前一样
但又不完全一样
放下茶杯
在席子上睡着了
以为梦见了什么
想了又想
只是恍惚的片段
茶杯还剩点茶
端起来，一口气
都喝了下去

盛夏

落地玻璃门外
全部是树叶
蝉鸣密不透风
暂时没有鸟叫
风吹来,树叶摇晃
阳光闪烁。我不动
站在房间更深处
猫蹲在中间,看看我
又回头看看玻璃门
这是前几天的事情

倒卷皮

在这个季节你有没有摘一朵棠棣花插在瓶子里

过马路的时候
看看两边的车
决定先躲右边的车
左边的车还远
然后脑子里冒出
这个问题

醉扶归

听一段昆曲
龚隐雷的醉扶归
听的时候,始终觉得
额头上方有一朵芍药
一瓣又一瓣地
缓慢绽开
是粉红的芍药
听完了,走出来
才猛然回忆起
这不是幻觉
桌子上
真的有一瓶芍药

倒卷皮

说法

大家都在说,下雨了
我却在心里默念
落雨了,落雨
仿佛这雨是从老家那边
下过来的
因为落雨是老家的说法
不过,也应该是
几十年前的说法了
现在,老家那边
也不说落雨了
而是说下雨,下雨了
只有我还在默念着
落雨,落雨了
仿佛这雨
是从老家那边下过来的

盛装舞步

一条狗在雨里走过去
啪嗒啪嗒
步伐很整齐
四个蹄爪配合得当
每一步跨出去
步幅相等,弹性十足
表情也很严肃
对围观的人目不斜视
好像前方有重大事情等着它
让人不敢轻易地认为
这是一条流浪狗

倒卷皮

芙蓉花

从杭州到桐庐的高速路
去的时候
在对面那条的路边,看见几丛
芙蓉
不是这边的路
是对面,隔了一层绿化带
几丛芙蓉开得正好
去了富春江
看了黄公望的真实山水
往回走,又是这条高速
又看见了那几丛芙蓉花
这一次它和我在一边了
开得真的很好

安检

在机场安检
排在我前面的
是一对中年情侣
两个人都不高,偏胖
女的戴着白蕾丝大檐帽
不像是日常会戴的
到黄色隔离线
他们很克制地拥抱了一下
马上就分开了
男的进去,女的站到一边
她有点慌,好像才知道他要走
男的回头挥了挥手
女的低下头,可能流泪了
大檐帽正好盖住
我安检完了走进候机厅
又看见了那男的
他坐在椅子上
看上去很平静的样子

倒卷皮

公用自行车

突然出现很多公用自行车

用手机扫码就能打开

骑上就走

好久没骑自行车了

我用手机

对准一辆自行车扫

咔哒一声

自行车仿佛复活了一样

站立在面前

还有点不敢相信

从此刻起它属于我支配

推着走了两步

顺着惯性,坐了上去

才开始蹬了一圈

我就相信了

骑自行车看见的风景

和走着以及坐车真不一样

无尘殿

最近去过三次无尘殿
第一次在深山里撞见
靠近无尘殿的路上
开满了千日菊,妈妈说摘点
我说好,但没摘。我不喜欢千日菊
高处有一树乌桕金灿灿
实在是好看,但是没法摘
第二次带朋友去,她说这地方真好
一重重山,覆满竹林
返回的路上落日挂在山头,霞光万丈
我们停下拍照,拍完了
目送太阳下山,我们再下山。
上次那树乌桕全部落叶,现在已暗淡
第二次,什么都没有了
千日菊、乌桕、落日
重重关山笼罩在浓雾中
只是白茫茫一片

倒卷皮

这时候,有一只老鹰
在无尘殿上盘旋了两周
等我拿起手机拍的时候
它也消失了

买了一个小红包

买了一个小红包
越看越喜欢
挎在身上更神气
走在路上，碰见熟人
熟人对我点点头：
你好，格格。
我也点点头：
你好，某某。
他说你看上去很开心
我点点头，忍不住地笑起来
然后就各走各的了
我悄悄把小红包
从前面转到了后背
万一，他回头再看我一眼呢

倒卷皮

可怜的世界

噔噔噔,我穿着靴子走路
化雪的夜晚真冷啊
要快走,月亮突然出现
好亮,树梢那么黑
我快步走,月亮也急匆匆
看看这边,看看那边
又看看月亮,雪也亮
就我一个人看见这个世界
这个世界太可怜了
总是只有我一个人看见

珍珠耳环

她先在窗边化妆
化好了
戴上一对珍珠耳环
躺在沙发上看诗
耳环垂在脸庞上
外面有一群人
在打德州扑克
筹码扒拉得哗哗响
她翻了一页书
再翻身
耳环垂向另一边

倒卷皮

小瀛洲

做了一个梦
早晨醒来以后
花了很长时间
才振作起来
叠被子的时候
看了看钟
下午三点一刻
梦见
去了你的家乡
名叫小瀛洲

三姐在梦中喊我

三姐在梦里喊我

嗨!蓉娃儿

她笑嘻嘻的

十五六岁的样子

那个声音

好无忧无虑哦

嗨,蓉娃儿

她就是这样喊的

好多年

没听见她

这样喊我了

倒卷皮

寄存

进美术馆
黑色制服的工作人员
要我把手上的啤酒寄存
我边喝边走进去
他带着工作意味的笑容
我把啤酒放下
看了他一眼——多清秀的男人
稍微迟疑了一下
把包里的水杯也掏出来
这个也寄存吧
带着重呢
他又笑,说好
笑容不再是工作意味的
我把帽子也摘下来
这个也寄存吧
把丝巾也取下来
都一起寄存吧

电影里的路

下午去看电影
看的是第一夫人
肯尼迪被刺杀
他的夫人杰奎琳
如何面对刺杀后的一切
悲伤的杰奎琳
和神父有一次谈话
在墓地前的一条路上
杰奎琳问上帝怎么这样残酷
神父说:"夫人,
您是被选中来展示神迹的。"
而我作为观众,注意的是这条路
两旁的树叫不上名字
高大挺拔,一律光秃秃的黄褐色
路,铺的是深灰色石块
镜头纵深中,黄褐色配深灰
竖立的竖立,笔直的笔直

倒卷皮

我迷上了这条路
真想和什么人
像神父和杰奎琳这样去走一走

朗玛厅

有一次到青海的同仁县去
在县城看见不少歌舞厅
但是不叫歌舞厅
才让告诉我那叫朗玛厅
因为叫朗玛厅我就想去了
才让说你最好还是不要去了吧
他说那里面很乱的
女孩子在里面不太好
当地的好女孩一般也不去
但是我还是很好奇
县城里有藏族的男孩子们
骑着摩托车,叼着香烟
放很大声的音乐呼啸而过
他说你看这样的人才去朗玛厅呢
我艳羡地看着他们的背影
更想去一次了

倒卷皮

跑鞋

想买一双好跑鞋
可能跑起来
感觉会好一些
不伤膝盖,有弹性
朋友们都这样说
还提供了各种选择
性能、价格
综合考虑之下
终于买了这双跑鞋
穿上跑了一圈
不得不承认
这是一双好跑鞋

排队的狗

从楼上下来的时候
那只流浪狗就跟上来
大家说笑着
没有人注意它
它转来转去
抬头看着热烈交谈的人
之所以说它是流浪狗
因为它瘦弱的身形
肮脏的皮毛
好多处的疮口
以及它有点惶恐的眼神
接人的车到了
大家排着队上车
它也排着
而且十分有礼貌地
排在最后一个
人一个个坐上了车

倒卷皮

轮到它了
门哐当一声关上
汽车发动起来
它也没有动
以排队的姿势蹲好
直到车开出很远

秋天来了

秋天来的第一天
像是假的,没来一样
直到现在
窗外的天这么高了
空气透明得无可抵赖
每一片树叶都清爽
秋雨细细地洗过了
还给它们立即擦干
我站在窗前
看着这些树叶
一时说不出话来

倒卷皮

可能是最后一声蝉鸣

睡前想了想
这一天做了些什么
心里有点愧疚
好像什么都没做
喔不对,白天走在
堆满梧桐落叶的路上
听到了一阵蝉鸣
那可能是今年
最后听到的蝉鸣

杨云哥哥

回到老家
见到小时候见过的人
有点激动,非常亲切
笑着招呼他:杨云哥哥
他还是和记忆中一样瘦
老了很多,有点落魄
讪讪地笑着,点头
我不确定他是否认出我
但是他这个讪讪的笑
让我不能再问下去
背朝着他,在桌子前坐下去
是他开的餐馆
有些污秽的灶台就摆在店前
煤气炉子和锅铲声音翻转
我小时候叫他"烂洋芋"
一叫这个名字
他就要尖叫着追我的

倒卷皮

真的抓住我了,却并不拿我怎样
只是拼命搔胳肢窝
我几乎要笑死了
直到改口叫"杨云哥哥"
他才住手
夏天夜晚的风又凉
星星又亮

面

想去吃一碗面
每次回成都
第一想吃的就是那碗面
味道太好了
让我念念不忘
但是我要注意
不要碰见我爸
那个面馆就在他家楼下
而我还没有做好
和他见面的准备

倒卷皮

电视塔

豆豆的店铺在二号桥
那座高高的电视塔下面
因为高,在城市里的很多地方
抬头都能看见这个塔
我看见的时候,就想
咦,豆豆在做啥子呢
如果有个男的喜欢她
那岂不是他和我一样
看见塔,就想起她

病茶花

有一树茶花

不知道什么品种

开得太繁了

花朵掉一地都是

让人好心痛啊

摘了几枝回家

看着好好的

结果第二天

花又掉在瓶子周围

仔细观察了一下

这种茶花

不是瓣瓣凋谢的

是整朵花从花芯的部分

完全脱落

像是一种病

倒卷皮

时间易不易逝

周围人说时间易逝
我也点头说是啊
其实心里觉得不是
用微波炉定时三分钟
你在边上站站看
时间还易不易逝
还有人说人老了
这不行了那不行了
没兴趣了没激情了
屁，我连头都不点了
第一次碰见的东西
该多有趣啊
哪怕碰见的是老年

死得其所

我在早餐的时候吃虾了
肚子疼,想吐
事情是这样的:昨晚睡不着
半夜在网上下单买菜
约好送来时要是活的
结果,早上就送来了
虾留不得的
最多十分钟就要死的
死了就很腥臭
要赶快吃
于是,我早餐的很大一部分
就是一碗白灼虾
为了虾的死得其所
为了它死的时候是活的
我现在抱着肚子,想吐
不怪人家
虾确实是在活着的时候送来的

倒卷皮

假祖母绿

我有一枚戒指
是假的祖母绿
虽然是假的
但我特别喜欢
怎么看都美
我还有一枚
真祖母绿戒指
依然赶不上它
我就爱假的
以及美的

将心比心

他坐在我的对面
说一些生意上的事情
大的起伏和人生的厌倦
他的眼里真的有厌倦
人比前几年胖了
质地良好的衬衣下部
有绷开的痕迹
头发也白了一些
我仔细地搜寻着他的变化
——看在眼里
记在心里
我见到他是平常的事
但另一个她就不是了
这么多年过去了
她想过多少次
像我这样坐在他的对面
我看在眼里记在心里

倒卷皮

这一切并不一定会告诉她
只是这一刻将心比心
也许我也有想见而不能见的人
别人也能这样帮我记住

随便最好

你说随便去哪里都可以
我说嗯
但在这之前
我心里其实有明确的地方
你说随便去哪里
我就发自内心地觉得
就随便去哪里
最好

倒卷皮

想一想

那天在成都
你问我,为啥说
那个茶不好喝
我没有立即回答
说要想一想
回到杭州好几天
今晚在微信上
我点开你的对话框
写了两个字
呆板

浓雾

好浓的雾啊
远处的人
几乎被淹没
往那最浓处走
想被淹没
但一走近
雾就淡了
可浓雾
明明还在前方
于是又走
往前走

倒卷皮

枇杷叶

路过枇杷树
有个女人在树下
摘了一把叶子
我点头：摘叶子啊
只是打招呼
她却警觉地看着我
没有回答
我突然意识到什么
于是，调整了口气
听说枇杷叶可以治咳嗽
这是真的吗？
她果然舒了一口气
笑眯眯地回答
是真的

不知道是雨还是雾

天完全黑了

不知道是雨还是雾

只好还是撑伞

小路看不清

清脆的铃铛响起来

有自行车来

侧身,回头

一辆蓝色的自行车

骑过去了

是个男人,没看清脸

他淹没在雾里

丁零零的声音淹没不了

伞的手柄是记忆泡沫做的

握着很适意

倒卷皮

你和雪

雪是怎么下下来的
你可能知道
你那边也下雪
但我依然想告诉你
这里的雪，它怎么
从天而降
犹如你，雪和你
同一天到来
你带来的感受并不都好
就像这场雪
压断了树，潮湿了路
冻住了湖

大雪和竹子

前年就下了这么大一场雪
门口的竹子遭雪压断
每次路过那里
如果有人，我就告诉别人
原来这里是一排竹子
遭雪压断的
你们看，现在又长起来
这么说了三年
竹子长了三米多高
前几天又下了一场大雪
竹子又压断了

倒卷皮

彤云的彤

一早开窗,雪
已经落满整个世界
不知道该说什么
静静地站了一会儿
想起前几天
我们在阳台上看云
云厚厚的,铅灰色
我说,看,那就是彤云
下雪前就会有这种云
你问哪个彤
我说一个丹,右边三撇
彤云密布的彤

腊梅

都二十多天了

这几枝腊梅

插在花瓶里

开得还这么好

二十多天前

在吴山山顶上

有两个孩子

摘了几枝腊梅

欢欢喜喜玩了一会儿

就扔在地上跑了

我走过去,把它们捡起来

带回了家

倒卷皮

晚霞

有晚霞了
是粉红色的
她抬头看着
心想他能画出来么
又想,他会不会问她
能写出来么
她在心里试着
写了几句
还真的
写出来了

快递员小秦

看见快递员小秦
他从一条隐秘的小路
轻快地跑下楼梯
这条路只有我家
朝东的阳台能看见
小秦一边跑一边看手机
神色没有不高兴
也没有高兴
我想喊一声,小秦!
像是小时候在外面
喊我表哥
我表哥在人群里
总是一脸
不高兴

倒卷皮

奥巴马

奥巴马当总统那天

我捡了一只刚出生的小猫

小猫快死了

我救活了它,并

给它命名为奥巴马

今天特朗普又当总统了

我才意识到

奥巴马八岁了

不知道它现在

在后来的主人那里

过得好不好

其实不是

独自在家看书
四周很静
外面有车停下来
有人下车
"嘭"一声关上车门
我心里也跳一下
觉得是有人来看我了
其实不是

倒卷皮

是这样的

早上喝羊肉汤的时候
店家在放罗大佑
生命总是难舍
蓝蓝的白云天
唉，就是这样的啊

累

累啊,太累了
明明站着
却感觉身体里
还有一个自己
在往下滑

倒卷皮

入蜀记

到成都的航班
将近三个小时
全程用来看李白的诗
李白说蜀道难
难于上青天
现在,蜀道在脚下
我在青天

从博物馆出来

从博物馆出来
看眼前的人
来来往往的人
和陶俑的脸重叠着
神秘的时空出现了
但是堵车呀
我痛苦地捂住了脸

倒卷皮

天赋

我打蚊子太厉害了
连黑暗中的蚊子
都能打死
真的太厉害了
这种现象引起我的注意：
这是一个特异功能
上天不会随意给一个人
这么大的天赋
一定有很深的含义

合理的路

一条路怎么
去到另一条
中间连接部分
是怎么回事
我想不通
细细地走一遍
确实很合理
想通了,却记不住

倒卷皮

一条野狗

荒坡岔路上
跑来一只狗
它应该是条野狗
看见我，满怀希望
想跟我走
我把头低下来
因为没有吃的
更不能带它走
它懂得我的心思
并没有跟来
只是怔怔地站了一会儿
自己跑远了

老三

在科学家研究量子力学以及
修行者谈论气场的同时
老三已经身怀绝技
每天清晨,我刚睁开眼睛
老三就在门外拼命叫了
我确定没有发出任何声音
哪怕闭上眼睛继续躺着
老三绝不干,它一直叫
直到我起来发放猫粮
老三的儿子也身怀这个绝技

倒卷皮

窒息

天好阴
阴得感到窒息
我只有使用
双呼吸法来呼吸
具体办法是
吸一口气
紧接着
再吸一口气

一首可怜的小诗

有一对夫妇

两个都是诗人

生了一首小诗

但是又离婚了

那首小诗很可怜

吃了上顿没下顿

今天跟妈妈吃几口

明天跟爸爸吃几口

它本来就短

今天少几个字

明天少几个字

有 天

这首小诗

在去爸爸那里的路上

彻底消失了

倒卷皮

真的是这个时间

真的没想到

火车确实是在12点1分

驶入了我的视线

12点1分啊

票面上也是这个时间

不如偷花

远远地听见
秋千那边有小孩的声音
就知道现在
还不是我去的时候
不如
先去偷两朵花

倒卷皮

减肥的话

减肥的话

饿是不行的

运动也不行

对我来说

只有哭

想起那些

失去的人

伤伤心心哭

哭一次还不够

一直哭到

觉得累了

就去洗脸

双手撩起凉水

覆盖在脸上

会觉得

脸是这么小的

追夕阳

突然想追下夕阳
因为远远看见
林子那边是金色的
太阳正在那里
很可能五分钟内就不在了
它着急,我也着急
我往林子那边跑
太阳说快点快点
最终,一道防盗网立着
不能再往上爬了
我和太阳就这样
隔着一道网站了一会儿
它落下去的速度
比我想象慢

衣领净

在超市
拿起一瓶衣领净
瓶子底部有一串字
"2019年11月29日前使用"
我把衣领净摔回货柜
还骂了一句脏话
距离那个时间
还有将近三年
所有无所事事的日子
清晰的时时刻刻
全部浓缩在衣领净里
还极有可能用不完

吸尘器

用吸尘器吸尘

吸尘器真厉害

什么都能吸起来

但是今天有一小撮渣渣

怎么吸都不行

吸进去又吐出来

吸进去又吐出来

我只有用手

把那一小堆渣渣

撮了起来

它们是：几粒草籽

茶渣，碎指甲

倒卷皮

这个人不简单

打算今天去看你

看了黄历，宜祭祀

动了这个念头

呼吸就变了，急促

不像是一件真事

可以去看你这件事

不像真的

先要去买花，我不想

在墓园门口买

我想去菜市场买

买人间的花，买那种

会被人带回家的花

选了一束紫红的雏菊

想起另一个也想去看你的人

问她有什么话要带

她说没有，帮我献束花

所以我又选了一把向日葵

这两束花躺在我的怀里

我在出租车里

淡如菊，烈如日

这是不是你，当然

但什么都不能全是你

出租车找错了地方

不知道你在哪里

站在墓园的中间，墓园干净整齐

我知道离你很近了

问一个打扫墓园的大姐

知道不知道有一位作家

叫作萧红，埋在哪里

她说她只管打扫卫生，不知道

但可以帮我去问一位做碑的人

一个男人，绕过很多墓碑走过来

说，她在上面，在那边

大姐说，我带你们去

大姐问，她是你的什么人

我没回答这个问题

只是告诉她，埋在这里的这个人

倒卷皮

不是当官的也不是有钱的
她文章写得好,是个女人
靠自己的本事,但一生孤苦
她说,喔我没读过书,不认字
她见我流泪,问她死时你多大
我说,我还没出生
她问她有小孩吗,我说有过
但没活下来
借过大姐手里的扫把和撮箕
说,帮她把墓地扫扫
大姐站在那里
她还是有点吃惊,说没想到
没小孩的人,也有人来哭
这个人不简单啊

爱他爱读书

我问张清,你老婆最早喜欢你
是喜欢你啥
他说她最早觉得我爱读书
爱学习,走到哪里都捧本书
我问这是真的还是为了引起她
注意
他想了想,说,是真的
但是很高兴引起了她的注意
发了一首诗给李樱桃
对她说,这首诗很好
有古典韵味
她说等下,我给他看看
我说这么恼火啊,现在
你自己的审美都没有了,要靠他
她嘿嘿一笑,他读书多
比我多,看他咋个说

早上煮了咖啡,煎了一张饼

倒卷皮

喊老公来吃,他一边吃
一边说,你后面那本书是啥
我说是萨略的世界末日之战
他放下咖啡走过去
抽出书来,靠近窗户看了起来
说,写得好。我看着他看书的样子
走过去亲了亲他的耳朵
他转过身来,说
你错了,不是萨略,是略萨

要不要吃橘子

飞机上发餐食了

我要了一份海鲜饭

还有一种鸡肉饭

无论是海鲜饭还是鸡肉饭

都配有一个橘子

机舱内逐渐充满了橘子味

无论吃哪种饭

人们都在吃橘子

我没有吃,只是把橘子

拿在手上看

空姐收餐盘的时候

我递过去,犹豫了一下

说等等,把橘子又拿了回来

倒卷皮

上午

爷爷牵着小孙子
那孩子估计一岁多
爷爷问,家在哪里啊
小孙子拼命
往一个地方挣扎
嘴里叫着,家!家!

最早的春天

站在窗前看下雨
奇怪,我这个近视眼
并没有戴眼镜
居然能看清楚
雨滴打在遥远的
池塘里,一圈一圈
涟漪扩散得非常清晰

倒卷皮

还是长大好

都说小时候好
我觉得长大了好
长大了,想吃什么吃什么
比如今天,我买了一个蛋糕
不是一牙牙的蛋糕
是生日大蛋糕,圆形的
我不过生日,就是想吃

怎么度过雨季

我的办法是

买一双雨靴

又贵又漂亮的那种

一下雨就穿

心情会好一些

不知道你们

还有什么办法

对付这个雨季

请说来听听

倒卷皮

古梅是什么样子

豆豆来杭州了
我想带她去看梅花
杭州有很古老的梅
宋代的、唐代的
在这个季节都会开放
最早，是隋代的梅
不过那在台州国清寺
豆豆问它们和现在的梅花
有什么区别么？
我想了想，有点犹豫：
和现在的梅花比
它们的花瓣可能要简单些
豆豆点头，对的
北川山里的辛夷花
好像也是这样

豆豆回去了

豆豆回去了,刚走
地铁很快就把她运送到
可以搭机场大巴的站
在这里住了这么久
我都不知道可以这样去机场
豆豆翻了一个白眼
你就是个瓜的
临走的时候,她不只
教我如何去机场
还教我手机上各种
可以省钱的办法
其实有的我也听说过
就是害怕上当
她又叹口气
我不在你不要弄
你就是个瓜的

倒卷皮

白月季

确实听到响动
虽然很细微
分辨了一下,又
四周看了看
地上有几片白色花瓣
走去花瓶前
那插着开了半个多月
都没有全打开的
一朵白色月季花
问了一声,是你吗?
话音刚落,哗啦
月季花瓣全散落了
落得一地都是

一天的春天

今年春天对我来说
好像只有一天
那天早上看到了
刚发芽的杨柳,绽开
一两个花苞的樱花
风缓缓吹到脸上
度过这个早上之后
我决定不再接受
接下来的春天
任它们随便发芽
随便开花

倒卷皮

白发魔女

我还是喜欢梅花
樱花嘛，说不上来
哪里差一点
白天看见一大片白
晚上更白
白得像是白发魔女
我就站在夜里
看白发魔女

樱花树下

樱花盛开
　大片白色
走路缓慢的老大爷
这个天气，依然穿着
深蓝色的棉背心
因为他走得缓慢
深蓝色融入白色
也很缓慢

倒卷皮

都好吃

鸟在花树上
啄来啄去
不知道在吃什么
吃花里的露水呢
还是花本身
无论是哪一样
应该都很好吃

去年的樱花

打开好久没用的瑜伽垫子
想锻炼一下身体
垫子里抖落出几片
白色碎片，不知是什么
仔细辨认后想起来
去年，樱花盛开的时候
曾经带着这个垫子
去樱花树下坐着耍
这个白色碎片，就是
去年落下的花瓣

倒卷皮

离开樱花

有人拖着行李箱从

樱花树下走过

他没有抬头看

行李箱那么大,估计

走的时间不短

看来,在樱花盛开的时候

离开这件事

是他自己决定的

去过北方

走在雨后的路上
江南湿漉漉的傍晚
身后有两个农民工穿着
带着泥土的工作服
他们边走边聊着天
一个问你去过北方么
另一个回答说去过
最远到了乌鲁木齐
坐火车累人啊,站了50多个小时
问的人感叹要那么长的时间啊
那个去过北方的人嗯了一声
我慢下脚步想听他继续说
但是他们在路口过街了
最后一句话,听见的是
现在用不了,火车提速了

倒卷皮

山上的生活

看一首诗里写

邻居唐明修待在山上

和他的两只鹅,三只鸡,一条狗

我暗自想了想

觉得不够。我如果在山上

想要两只鹅(这个和唐明修一样)

但是鸡要六只,不,八只吧

两只公的踩蛋,六只母的下蛋

狗要两条吧,就一条狗

保卫力量稍显薄弱

再来一头牛好不好

牛贵,不好意思要两头

羊就算了,猪也算了

如果有也可以

再要一个人吧,可不可以

皂罗袍

早起天气好
打开笛子录音伴奏
想练练嗓子
来一段好久不唱的皂罗袍
当唱到"良辰美景奈何天"
那个高音处的"奈"时
有敲门声,打开
站在外面的是快递小哥
他低头带笑,不敢抬头
羞答答地说:我
来取快递

倒卷皮

半山

坐在半山腰
看书,背后传来说话声
三个老人相扶相携
慢慢走下来
老先生问,你是37年的吗
老太太说哪里,我是38年的
怎么是37年呢
他们一边说话,一边
小心地侧着身
终于走到了平路上
三个人又转身
望一望
这条走下来的台阶

瓜娃子

爬山爬累了
坐在台阶上歇气
耍起了手机
翻自己的诗集
都写了110首了
一首首翻看
写得还可以啊
四下无人,就
嘻嘻嘻地笑
很开心,站起来
拍拍屁股
继续走路了

倒卷皮

不要在下雨打雷的时候站在树下

在半山的桃花亭

打坐,说是打坐

一次也没有体验到

他们说的那种很厉害的

境界,估计很难

大部分时间我就是

盘腿坐着耍

今天有点不同,因为

我打坐的时候

想起来小安姐的一句诗

大意是,我往前狂奔

心里怀着三种狂喜

睁开眼睛,看见对面山上

布满了这句诗

接着,我就想哭

四下无人,可以哭

哭了一阵,想起周总理
对值班的警卫员说
下雨打雷的时候,不要站在树下

倒卷皮

钦若

小区里住了一个和尚
因为有一天路过
看见一家院子里
晒了好几件和尚的衣服
还有毛线织的秋裤
以及玫红色的内裤
我见过那个和尚
他有时候也穿正常的夹克
从樱花树下高高兴兴地
走过去,还唱歌
什么什么钦若

帕蒂

一个小姑娘,叫帕蒂
她只有蜂鸟那么大
我把她放在手心里
帕蒂用更小的舌头
舔我的掌心,笑
哈哈哈,还翻跟斗
我感觉到微弱的痒
和温暖的帕蒂的体温
玩累了,她趴着睡觉
我给她盖上一张手绢
关于帕蒂的死,完全怪我
别人非要和我握手
我说不出来话,在梦里
来不及拒绝
就把她捏死了

倒卷皮

惊人的相似

按摩店里来了一个新师傅
她趴下来的时候
随口问了一句，你是哪里人
师傅告诉她之后
她暗中吃了一惊
师傅来自她前夫的家乡
一个很小的偏远城市
她又追问一句，你贵姓
师傅笑着回答
说出了和前夫相同的姓
真正惊人的相似，发生在
师傅开始按摩之后
这位师傅按摩的手法
和前夫在床上的表现一样
慢蠕慢蠕，没有力道
完全不在点子上

桃花源

去了 一个桃花源
里面住的全部是熊猫
我进去的时候,所有的
熊猫都在河里洗澡
它们说说笑笑,携家带口
河里漂着黑白两色的毛
突然有个熊猫大喊:来了个人!
我吓一跳,赶紧跑了

倒卷皮

手挥五弦

站在阳台上,隐约
看见对面窗户里
有一个女人,她双臂
时而舒展,时而收拢
那种节奏像是
目送归鸿,手挥五弦
等我戴上眼镜
终于看清了:她在洗碗

光晕

雨停了,太阳突然出来
阳光打在一个胖女人的头上
不知是因为空气潮湿
还是角度特别
她头上腾起五彩的光晕
光晕持续了好几分钟
胖女人什么都不知道
她打着瞌睡,睡得正香

倒卷皮

关于从老家那边下过来的雨

我写过一次关于

老家那边下过来的雨

是从一个说法开始写的

老家不说下雨,说落雨

我写,只要一说落雨

无论是哪里的雨

都像是从老家那边下过来的

这个事情,我给很多人说过

甚至一些老乡也说过

他们都只是一听,最多说喔

然后,今天这首诗的标题

成为了一本诗刊的标题

不知道这能不能再一次

提醒大家,落雨

是老家的雨

每当这个时候

每当穿得整整齐齐
擦一点透明唇膏
并且在一个好天气
往山里出发的时候
我都会在车的后视镜中
看自己一眼,然后想
是不是可以这样去见你

倒卷皮

放松

走在路上
突然停下来
调整了步伐
因为想起
有种放松的走法
想试试看

夸出一朵花

经过一户人家
院子里的花
开得太好了
我站在院子前
眼巴巴地看
透过繁茂的鲜花
也看见主人家
在房子里走动
我继续站着
想引起她的注意
等她出来,我要使劲夸
夸到她送我一朵花

倒卷皮

勃拉姆斯先生，生日快乐

很奇怪的，三年前的今天
我听了你的一首曲子
那个旋律丝毫不费力
就让我听进去了
但是这个曲子的名字
三年才背熟，非常拗口
（我一字一句打下来：
B小调单簧管五重奏，OP.115）
感谢上帝，这一串名字
也没能挡住你的世界的入口

养神

我爸说,你十几岁的时候
曾经对我说过一句话
这么多年我都记得
原来开长途车的时候最管用
我很吃惊,啥话?我还说过这么
管用的话
他点点头:是的,你说,中午
不管睡不睡得着,都要闭上眼睛
闭十分钟也好,这叫养神

倒卷皮

礼物

今天是你的生日
距离遥远
见面不可能
你也不准打红包
已经时过中午
依然拿不出
像样的礼物
我打算坐在椅子上
静静地坐五分钟
这五分钟
就是送给你的礼物

入辋川记

你说你那里缺乏打扫
很多东西都堆在一起
书堆、杂志堆、购物袋堆
袜子堆、内裤堆
酒瓶堆、外卖盒子堆
没有拆封的礼物堆
你每天穿越它们
熟练以后,绕过时
有轻舟已过万重山的感觉
而我第一次穿越,是个夜晚
你站在山谷入口(大门口)
说:还是我牵着你吧

倒卷皮

北斗七星

关于你住的地方
要怎么描述
别人会说那很普通
甚至是比较差的小区
楼房质量和环境很一般
你住的那栋还靠马路
我不反对,我也会这么说
但估计没有人知道
在冬天的某一段时间
北斗七星会完整而清晰地
悬挂在你家楼上的夜空中
正正中中标准排列
这一点我怎么知道的呢
能不能暂时不回答
我只想问问你,怎么
从来不在冬天的晚上
走到阳台上来
抽一支烟呢

你感到幸福

很多年前，我眼睁睁看你
写过几首诗。当时我在做饭
喊来吃饭了，你还埋头写
我一边撩起围裙擦手
一边说给我看看
你不让看，说我不懂诗
其实那首诗我还记得
主要是歌颂一条鱼
它多么欢畅，游进了河里
这有什么不好懂呢
就是形容我做的饭很好吃
你感到幸福

倒卷皮

黄了十次

你家楼下
是一排银杏
离开这么久了
要不要再见
我不确定
但是那排银杏
每年都在心里
变黄一次

初夏

在水潭边的草丛上
发现一枚很小的蛋壳
蛋壳顶开了,一分为二
显然是什么小东西
已经被孵化出来

倒卷皮

吃嘛

楼下的枇杷树结果了
黄黄的，一天比一天黄
鸟儿飞来啄
今天啄几个，明天啄几个
我一点不着急
让它们吃嘛，这个枇杷又不甜
我去年就吃过

天尽头

上绕城高速的时候
深夜了,雾气蒙蒙
被交警拦下来
正是查酒驾的高峰
车窗打开的瞬间
警察愣了一下
车里正在大音量地播放
《葬花吟》,天尽头
何处有香丘
他把吹气检测仪伸了过来
又收了回去,说
音量小一点,注意安全

夏风

你在窗外
摇动树叶
这么多树叶
翻动着光亮的那一面
起床的时候
洗碗的时候
站在阳台上的时候
整个上午
你什么话
要说得这么密集
干脆坐下来
我认真听听

有礼貌的小哥

小哥路过我的时候

把载满货物的三轮车停下来：

你好姐姐，请问23栋在哪里

我愣了一下，说不知道

他喔了一声，笑了笑

说不要紧，还是谢谢你

然后开着三轮车慢慢走了

我望着他的背影

难得遇见这么有礼貌的人

只可惜我不知道

23栋在哪里

倒卷皮

获得一些盐分

坐在桌子边喝汤
是速溶的汤
喝得满头大汗
听着阳台外鸟叫
叫出了某段旋律的音阶
而另一边阳台
挂满了从上午
洗到现在的衣服
那些衣服从另一个
城市寄来,是我的衣服
很长一段时间
住在那里,衣服上
还有那个时候的气味
鸟叫的声音停止了,现在
是另一种没有音阶的叫法
汤还剩一半,继续喝下去吗
其实我并不想喝汤
只是想获得一些盐分

回见了

冬天深夜回家
门口摆缝纫摊的大姐
还在忙活
缝纫机哒哒哒
我说,还忙着呢
她从缝纫机上抬起头
嗯啊,你回来啦
我点头:记得夏天你给我改的绿
裙子么
她点点头,有点迟疑:
是不是还有问题?
我摇头:不不不
特别合身!我就是告诉你
特别特别合身
她眉开眼笑:好好好
我说,那回见了
她笑眯眯地站起来
回见了

倒卷皮

公交车

天要黑未黑时
散步路过公车站
一辆公交车缓缓进站
又空、又干净
模样也好看
亮着灯通体透明
站上也没有人
公交车停了一下
又缓缓开走了
可惜,说不上来
为什么觉得可惜

蜂鸟

看来我和蜂鸟

还是有一定的相似性

比如,我比较矮

在北方尤其明显

还比如,一口就吃饱了

第一次有诗刊登了我的诗

我满意得无以复加

在家里虚荣地

低空盘旋了一整夜

然后就觉得足够了

而我的家,以前描述过

最早的那间只有9.57平米

蜂鸟和它的窝

差不多也是那个比例

只可惜我住在亚洲

蜂鸟在北美洲

如果有机会

倒卷皮

我想买一件翠绿色的裙子
与蜂鸟见一见
一起拍个照

摇铃铛的虫

草丛里有一种虫
它叫起来
就像它本人用爪子
摇晃着拴在草梗上的
一只金铃铛
我好像能看见
它持续摇动铃铛时
那种耐心的表情
自己也很享受
这清脆的声音
秋天来的时候
它也没受到影响
只是,一天比一天冷
铃声才一天比一天
微弱了
今天,它只摇了十四下
中间还间隔了三回

倒卷皮

人生境界

昨晚和朋友说
对于人生境界
我有了一些新的体验
朋友说真好
等见面好好说说
我说好的
今早上起来,想了想
发现居然忘记了

傍晚

这一整天
都不舒服
很恍惚
觉得空虚
什么都不想干
让我感觉
好一些的是
黄昏时分
传来
不知哪一家
夸夸夸
打鸡蛋
的声音

刚才碰到了天使

倒卷皮

刚才碰见了天使
好像是,我迷路了
可能是在苏联,有恢弘的市政大楼
圆弧形的楼梯,站着两个士兵
穿着胡桃夹子那样的礼服
他们一边笑一边抽烟
我焦虑地一边打电话(电话打不通)
一边走过他们,然后
在街转角看见了天使
它蹲在地上,收拢了翅膀
我立刻就知道它是天使
它非常可怜非常瘦弱也没有穿衣服
我知道可能别人看不到它
比如那两个说笑的士兵

虽然正在迷路,但是我也知道
它是天使,货真价实的天使
我跑过去,对它伸出了手
天使颤巍巍地站起来,也伸出
了手
翅膀在背后显露出来
它笑容满脸,对我笑得非常开心
我握住了它的手,是一截焦黄
的翅尖。我说天使你好,它没
有说话
只是笑,笑得那么开心
我哭起来,说天使你好
握完手,天使又蹲了下去
缩成一团,像个小老头
我继续找路,继续迷路
直到醒来

倒卷皮

你能听到我的声音吗

楼下有人喊:
"你能听到我的声音吗"
我在阳台上探出身体
往下张望,阳光刺眼
一个男人站在门禁旁
对着对答器,又喊:
"你能听到我的声音吗"
这次声音更大了

烤肉串

在酒吧里。点了六串肉串
两串羊肉,两串牛肉,两串脆骨
烤肉老板很帅,有罕见的风度
带着一脸神秘的笑容
在酒吧的音乐声中
一边烤还一边对我点点头
烤好了,他把肉串放在盘子里
从吧台后面推出来
然后笑眯眯地,抱肘看着我
我也像他那样抿嘴笑
拿起一串,试图吃得优雅
咬下的第一口
知道了一个基本事实:
这是个人历史上,吃过的
最难吃的烤肉串
但是,我全部吃完了
带着神秘的笑,以及
罕见的风度

牧羊

四只公羊,三只母羊
三四只小羊
一个牧羊人,老头
打着一把伞,穿高筒雨靴
拿着一根长树枝
他静静看着一头母羊
撅着屁股拉屎
鼓胀的奶袋在腹部抖动
小羊们自己在吃草
别的羊都在吃草
母羊拉完屎,回望老头
老头也看着它
目光都很温柔

雨打湿了花朵

不知道为什么
下这么大雨
她还是穿长裙来
面料上布满五彩花朵
长及脚踝，摆幅宽阔
走在雨中，不一会儿
小腿以下全部湿透
但是，她毫不在意
甚至比平日更加悠闲
慢慢踱步，一步一步
裙摆不停地起伏
任由湿透的花朵
甩出半圆弧的水滴

倒卷皮

江心的寺

江心有个岛
岛上有个寺
寺里有个和尚
在做饭
做的什么饭呢
嚓、嚓、嚓
切莲花白

马蜂

窗户上长了一窝马蜂
我丈夫(九色鹿先生)说
他拉着我看,让我不要太惊奇
我觉得有点怕,他说不要怕
你看,有纱窗挡着
让他们有个家
窝里可能还有小马蜂呢
我查了查,说这是好兆头

倒卷皮

泉水

有一口泉
大家都去打水
到了周日人最多
我总是把水桶
涮得干干净净
这样泉水显得透亮
这又是一个周日
打水的人排起了队
我和丈夫排在中间
他前后看,看完了
小声对我说
我们家的桶最干净

倒影

夕阳倒映

湖面铺满

泛金的红

微微晃动

有一句咒语

可以让倒影凝固

然后揭起来

做什么都可以

吃也可以

穿也可以

倒卷皮

远古

吃完饭
碗摆在桌子上
两个大碗,上面有筷子
一个小碟子
不大不小的一个盘子
看了一会儿
碗碟轮廓在夜色里
越来越模糊
那之前里面有两碗
小米粥,盘子里是馒头
和凉拌小菜

为什么搬家

家里房檐下
来了一窝马蜂
老九说不要紧
网上查也说是好兆头
但我还想知道更多
毕竟第一次和马蜂相处
大部分人都怕马蜂
据说自己不能随便弄
要喊消防队的来
关于灭掉马蜂的程序
描述得非常详细
但是,我还注意到
有个人在网上问:
 "我家的马蜂怎么搬家了
不想让他们搬啊
它们还会回来么"

倒卷皮

一切的开始

最开始是

他翻开一本书

哎呀一声

放下了

转身就走

据说里面一个词

是她的名字

这是最好一部分

后来他们各自生活

谁也不提起谁

心里都有怨恨

那本书，那个词

自己待在那里

衬衣

已经是很多年后了

他和她再次见面

太久不见

都不知道该说什么

她突然想起来

有一次旅行

在酒店里给他烫过一件衬衣

她说那件衬衣

烫得相当精心

因为有可能再也没机会

为他烫衬衣

他点点头,"我记得,

那件衬衣真的烫得很好。"

倒卷皮

纳家户清真寺

一个戴着白帽的老人

一个红脸蛋的孩子

站在寺门口

老人是盲人,孩子是哑巴

孩子指着老人

眼睛急切地望着来人

来人把几元钱

塞到了老人手中

老人捏着钱

一边点头一边说

谢谢,谢谢

孩子露出无声的笑容

明显松了一口气

路过一座寺庙

寺庙空荡荡
烈日暴晒广场
绿琉璃瓦闪光
老人坐在松柏阴影中
白帽子十分显眼

倒卷皮

幻象

车行驶在高原

烈日下的路笔直

前方总有一条

水汪汪的闪光

走近一点就消失

又出现在下一个地方

不停消失

不停出现

我一路看着

知道那只是幻象

是光线折射

眼睁睁

站在阳台上
看旁边的石榴树
几乎触手可及
但事实上够不到
眼睁睁看着它
夏天开花,又眼睁睁
看着它,秋天结果
前几年还努力想摘
今年的秋天
已经彻底放弃

倒卷皮

立秋

山路上有蝉蜕
边走边挑拣
找到一枚完美的
打算送给他
他没要
说这个太脆弱了
怕自己收不好

镜中

看完一部电影

塔可夫斯基的《镜子》

想写出一首诗

脑子里闪现无数

电影里的镜头

最后还是选择了

那个女人的背影

窈窕,却依然健壮

穿着麻质的长裙

金色的长发

松松地绾成髻

她走向她住的木屋

木屋也不错

但她有那样的身影

不该住在那里

她来自镜中

倒卷皮

不可描述

剥开新鲜的核桃
先是绿色果肉
然后是湿润的硬壳
一股强烈的气味
让我想起
曾经闻过这个味道
小时候，在四川乡下
那些腐烂在树下的
黑色的核桃
现在，湿漉漉的核桃
被夹碎了，可以完整取出
一整颗桃仁
如果足够小心
还可以把仁衣撕开
包括那些最细小的
凹凸处
这些都不难，难在
我闻过的那种气味
至今不可描述

同志,再见

你又来了,在梦里
以前梦见你都伤心
这次终于不了
这次很和善
你站在供销社柜台里卖盐
戴个眼镜
斯斯文文,穿白色短袖衬衣
笑眯眯地把盐巴称给我
还嘱咐别弄撒了
我一边答应你一边往外走
一边走一边回头看你
同志,再见

倒卷皮

的士票

听到梅艳芳的老歌:
《似是故人来》
"十年前双双,只恨看不到"
我想起了钱包里
还有张的士票
放着也有十年了
那晚,就是打着这趟车
离开的他
之后再也没有回去

庇护

遇到一只小猫
非常瘦小,叫它一声
它受了惊
跑到绿化带里去了
绿化带是连绵的灌木
灌木其实矮小
但是庇护一只猫
就显得无边无际了

倒卷皮

大雨

刚把床单收进来
"哗"一声就下雨了
抱着床单想
上次什么时候
遇见过这么神奇的事情
一时都想不起来

天好蓝

最近天气太好了
一出门抬头就看见
天好蓝好蓝啊
好蓝好蓝好蓝啊
我忍不住伸出手来

倒卷皮

听布鲁克纳第九交响曲第三乐章

乐曲描述的是

嫦娥在奔月途中

看见的景色

云,往上,再往上

盘旋又盘旋

想要回望已不能

茫茫然上下浓白

到达之后

她惊讶地发现

这里不是月亮

是太阳

梦里的人

梦见一个女孩
带着哭腔走进我的卧室
我失恋了,格格。
我努力睁开眼睛看她
但是无法做到,只好说
你先去客厅坐一会儿
我穿上衣服就出来好吗
她点点头,好的
我却怎么都起不来
这时,门铃又响了
我想,反正外面有人
她会帮我开的
但是门铃却一直响啊响啊
我喊,能帮我开下门吗
把自己喊醒了
睁开眼睛,从床上起来
门铃还在响,走出去
客厅里并没有人

倒卷皮

外面听不见

这个小区里

有不少会乐器的

有人弹古筝

有人弹钢琴

我家对面那栋

有人吹葫芦丝

这些乐器演奏起来

有个共同的特点:

声音大,外面都能听见

演奏者们还有一个特点

就是都在学习中

弹奏得很业余

我弹古琴

也很业余

但是声音小

外面听不见

胸针

她来找我借礼帽

说有个聚会

神色有点兴奋

她喜欢姑娘

看来这聚会上

会有不少姑娘

我把礼帽给她之余

建议再戴一枚胸针

那是一枚金色的小羽毛球拍

细链子连着一枚羽毛球

她接受了,并且马上

佩戴在胸前

神色更加喜气洋洋

倒卷皮

等

你说和我一起走
这没有问题,但是
要在山脚下等一会儿
等回来的时候
先要好好亲热一下
如果四下无人
可以更进一步
我说好,没有问题
于是坐在草地上
安安静静等起来
甚至睡了一觉
醒来后才知道
这是一个梦

多少是好

无论是柳梦梅
还是赵色空
他们闷了
要去外面走走
都要说一句:"多少是好"
比如唱词中的:
"不免到那廊下
散步一回
多少是好"
这一句"多少是好"
是好了不少
又是多少好一点
也是那多好
闷成了一面镜子
自言自语
自说自话
就不闷了

倒卷皮

蝴蝶结

我不会打蝴蝶结
每次收到扎着蝴蝶结的礼物
心理压力都很大
怕解开了再也不能复原
我问他,你会打蝴蝶结吗
他说,我不会给你一件
扎着蝴蝶结的礼物

散步2

傍晚的时候
散步的都出来了
她有心事,一边走
一边懒懒地哼着歌
推着婴儿散步的男人
擦肩而过,愣了一下
他听到了
站了一会儿
婴儿车里的孩子
却在这时候哭了起来

倒卷皮

冬

我得承认

又是一个冬天来了

这个承认

让我心烦意乱

那么多的冬天

都浪费了

这又来一个

这个冬天

如果非常冷的话
可以像狼那样嚎叫
真的,试试看
可以从大地唤起
一点点温暖

倒卷皮

腊梅开了

腊梅开了
开得正好
非常想摘一枝
插在瓶里
动手的时候
突然想起
在春天
发过一个誓
今年一年
不摘任何花
于是住了手

梦里的房子

赶到的时候
老房子都拆完了
站在原址上看
外婆的家不见了
以前总梦见
现在在梦里
它又被拆了
旁边站着看的
还有一个妇女
她的房子也被拆了
她说,先往天上看
天上有那房子的痕迹
慢慢把目光滑下来
再看那拆掉的地方
老房子会重新出现
我按照她说的去做
什么也没有看见
那妇女遗憾地说
这就没有办法了

倒卷皮

秋千上总是有人

秋千上总是有人

而且是小孩子

我静静地等

等他们走了

还要走远一点

才能去荡

虽然我是大人

但体重和大一点的

胖孩子也差不多

我坐在上面

秋千是荡不坏的

回来的时候你可以坐公交

她说,那次去见他
打车花了500多
我很吃惊,并且
表示怀疑:哪怕
穿越整个城市,也
只需要不到300
她点头,对
但是还有回程
我说回来的时候
你可以坐公交啊
她摇摇头,不
天晚了,再说
我一直都在哭

倒卷皮

春天最早开花的到底是什么树

昨天，我指着这棵树

说这是春天

最早开花的树

黄色的簇花

叫槭树。你点点头

说喔，记住了

今天路过

我又说那是檫树

你说不要骗我

你总是骗我

我保证，反正

不是槭树就是檫树

没有第三种

在有肺炎的春天

梅花还是厉害
开得什么都不知道
花瓣落了一地
在一个没人的
庭院中间
照片用了滤镜
红色部分
尤其显眼

倒卷皮

剩下的事

她说她回去了
不麻烦你们
不需要人陪
大家都不容易
冰箱里还有剩的菜
买的东西也要去取
把家里打扫一下
虽然妈妈昨天去世
但这些剩下的
事情,也要处理
谢谢你们

警觉

对面阳台上
有人探出身体
我保持警觉
因为最近一些
悲伤的事情
仔细看,原来
那个人是
打算油漆
自家的护栏

倒卷皮

志愿者小朱

志愿者小朱
他去帮助人
陪着两个艰难的人
度过一晚
看见房间里
有纸张毛笔
问可以写字吗
说可以写,随便写
他写下四个字:
武汉加油

猎户座的三颗星星

入夜了,想去走走
忙了一天
眼花,头也是晕的
抬头看天空
猎户座的三颗星星
在那里,很亮
它们昨天也在
明天也会在
一直都会在

倒卷皮

人家没有这个意思

进大殿，我磕头
豆豆在外面抱衣服
一磕头，就有和尚来敲磬
磕三个头，敲三下磬
出来的时候
豆豆说，听到磬一响
我就在摸包包
怕人家喊你
给香火钱，你没现金
我说，不得
人家没这个意思

樱花树下2

樱花树下
停了一辆绿色
顺丰电动车
快递小哥
从楼梯上跑下来
一眼也没看
那些树下的花瓣
开着车
就碾了过去

倒卷皮

采茶

茶园里
一个中年男人
戴着口罩
在采茶
边采边唱歌
歌曲是
红楼梦里的
葬花吟

春笋

在楼下
撅了一根笋
上楼烧汤
张姐说
你撅老了
再嫩点才好
我把火关小
穿上鞋
又下楼了

倒卷皮

四分之一和二分之一

一只很小的鸟

站在枝头啼叫

个头是一般鸟的

四分之一大小

可能在春天

孵化出来不久

它的叫声

却不小

音量有那些大鸟

的二分之一

可能性为零

在水潭边坐着

这里偏僻

风景优美

且少人来

本来很好

但发现

忘记带烟

望了望左边

又望了望右边

没有一点

来人的希望

要根烟的

可能性

几乎

为零

倒卷皮

噩梦

梦见我的猫丢了
我在梦里找它
找啊找啊，找了很多地方
甚至把另一只猫
错认为是它
梦里太难过了
一边找，一边哭
没有找到，哭醒了
醒来，就听见
我的猫在外面
喵喵地叫

鸽子

我确定是鸽子
不是斑鸠
一只灰的,一只白的
像是半路夫妻
在对面顶楼的屋檐下
住了下来
我装了一碗黄豆
放在阳台边
想请它们吃
一个星期过去了
它们根本不在意
只好把黄豆收回来
自己做了碗豆浆

倒卷皮

蜘蛛

它正在吃东西
在窗户外面的网中间
嘴巴一张一合
凑近看
原来不是,它
在打包——
把一只小虫
用吐丝的办法
裹得严严实实
放在一边
这是第三个了
网下面已经
打好两个虫包
估计打算
慢慢吃

水杉树

它不在附近
我只见过它一眼
出远门,车开过
某地的城乡接合部
一家针织厂的门口
看这一眼,就知道
它已经死了
叶子全部枯萎
树干上贴满了
招工和转让
的广告

倒卷皮

枫树间

一对夫妇从枫叶间
顺着山路走上来
一边走,一边说
寺庙关了啊
对,但门口这枫叶
不也是一个景吗
这是丈夫说的
妻子回答:是的
真红啊这枫叶
说完,他们转身
顺着山路下去了
还是边走边说
上一次好像来早了
是的,上一次
枫叶还没红

贺姑爷

我二表姐很激动
在微信上告诉我:
刚才找在车站
"看到贺姑爷了!"
贺姑爷,是我爸爸
她的姑妈,她的姑爷
也就是我的父母
但他们在三十年前就离婚了
我还可以叫我爸爸
为爸爸
可是她,从法律或者
亲缘关系上
都不好再叫姑爷了
但她非常激动
说"我看到贺姑爷了!"
我表示理解,说:
"二姐,看到还是亲切哈!"

倒卷皮

她说:"就是!"
我爸爸,她曾经的贺姑爷
在这次相逢之后
带着礼物去看望了他们
像是三十年前
还在这户人家
当女婿一样

第一次看见树蛙

它躺在地上
不知道被什么轧过
脑浆一半在外面
和地面粘连在一起
但身体还在动
老九说这不是
普通的青蛙
是树蛙,它的手掌
还有脚掌都很大
没想到
第一次见到树蛙
是这样看到的

倒卷皮

爱干净

放了一盘米

在阳台上

喂鸟的

但鸟儿一直

没吃

摆了有

一段时间了

今天发现

盘子空了

空得

那么干净

不知道

是哪只

鸟儿

进餐习惯

这么好

吃了饭

把盘子也

擦了

啄木鸟

哆、哆、哆
这个声音传来
我现在知道
是一只啄木鸟
以前以为是个
木匠,在敲钉子
我站住了
啄木鸟也停下来
我走动起来
哆、哆、哆
又响起来
我还是觉得
那边有个木匠

倒卷皮

成熟

出门前,发现
背心上
有个牙膏印子
以前,我会去换一件
现在不
我把背心翻一面
再穿上

真假女兵

经过天安门
迎面跑来一队女兵
第二排的那个女兵
让我吃了一惊
我认识她,她也
察觉到我认出了她
因为,她不仅
此刻是个女兵
还在一个电视剧里
扮演了一个女兵
电视剧不算热播
但多少有点影响力
我们对视了一眼
她跑过去了
其实她不知道
那个女兵的角色
我是前一个试镜者
被刷下去的原因
是不够像女兵

倒卷皮

那么快

现在还有月台票吗
能把人一直送上火车吗
就算可以送
高铁启动那么快
在月台上站着的人
已经不能随着
慢慢出发的火车
跑着再送一段了

她在草地上遇到一只叫作小豹子的蝴蝶

（第一天）

第一次这么近看一只蝴蝶

真好看，你的翅膀居然发蓝

哎呦，还有点发红，你太好了吧！

你有耳朵么？你能听到我说话吗？

哎你这么大个，叫你大个吧

你瞧瞧你，你浑身豹纹

要不然叫你小豹子吧！

小豹子，小豹子

蝴蝶是不是没有感情

你明天还来吗？

（第二天）

啊！你真的在这里！

你是专门来等我的吗？

你真好

（第三天）

倒卷皮

不知道小豹子今天还能来吗?
没有。
那不是你的小豹子吗?
她翻身起来
一看,可不是它吗!
啊小豹子,我们是不是已经有
了感情
我们玩会儿吧。
她爬上了树
在树上问我
知道怎么在树上睡觉?
我说不知道
她说撒些树枝垫上就行
高高的,能看得远
看见小豹子在下面飞
她躺了一会儿
自言自语,小豹子
你能飞上来吗?
你怎么总一个人
下次你能找个伴儿吗?

我在树下说,不好找吧
它那么大个的蝴蝶
就跟你似的,那么高
她在树上唉了一声
说,也是

倒卷皮

非常炎热的傍晚

天色越来越暗
他还在打篮球
上身光着,特别白
有点浮肿的身材
看上去好久没运动了
却选在这么热的天
一个人
不停地投篮

两种激动

路雅婷又有新诗了
读了几首,激动
马上站起来
想去阳台上
抽支烟
猫一直蹲在
身边,我知道
但是没管它
它看我站起来
也很激动
以为有猫粮吃了
我们一起从书房
激动地跑出来
但是我去了阳台上
它站在客厅
发呆

倒卷皮

入秋

闷热，纱帘放下来
光线雾蒙蒙的
远远地传来
一个音一个音
是彩云追月
初学者的弹奏
但据说，今年
还没有热起来
未来还有
四十天高温
我捂住膝盖
感觉它们好凉

认识宇宙的方式

我一直在翻滚
漂浮着翻滚
四周纯黑
是持续、固定
的节奏以及速度
一切人和一切事物
都不在

倒卷皮

法力很弱的巫婆

我可能是个巫婆
我能感受到
每一次你想起我的时候
心会突然加速
耳朵和大脑一侧会痒和麻
但这件事
也不能完全确定
因为不敢找你求证
我的法力太弱了
胆子也小

饿

肚子饿了
咕咕叫
却并不想吃东西
这样的感觉
让饿
像是从外面来的
像我的猫
从客厅走过来
喵喵叫着

关于逻辑和自理能力
方面的控诉

倒卷皮

对于忘记盖

牙膏盖这件事

他批评了她多年

发出关于逻辑和

自理能力方面的控诉

她尽力改正,但

无法彻底做到

有一天,她又忘了

是很小的那种牙膏

酒店里那种一次性的

她以为又要被斥责

结果他并没有

而是笑着

用两根手指

捏着没有盖子的小牙膏

看了看说

还有点可爱

按脚

又去按脚

还是小龙帮我按

每次都找他

他皮肤白人英俊

话也不多

也不少

他说话慢

而且喜欢和我说话

笑起来很羞涩

而且手法非常好

他捧着我的脚

说你的脚

有点小

倒卷皮

写不好

又到了虫子叫得很凶
的秋天了
每年这个时候
晚上我都去听
一圈一圈走着听
以前想给它们写诗
但每年都写不好
虫子们叫得那么凶
像是在催我
我却一年一年
都写不好

可以睡了么

还想对你说点什么
但是该说的话都说了
手机的对话框
亮着
是白色的
夜很黑
大脑嗡嗡响

倒卷皮

这里太适合给一个人拍照了

路过有枫树的转角

已经路过了两次

两次我都停下来看

这个地方

太适合给一个人拍照了

让这个人站在枫树下

画面四分之三是火红的枫树

剩下四分之一是这个人

第三次路过的时候

再一次这样想

而且这一次想法特别强烈

这里真的太适合给一个人拍照了

即便没有这个人

我依然举起了手机

打开了拍照功能

手机的画面是这样的

四分之三是火红的枫树

剩下的四分之一没有人

温度

天冷了,坐着看书
需要开电炉子
脚热乎起来
但捧在手里的热水
一口喝不完,两口也不行
只能任它
一点点冷下去

半径

倒卷皮

上午静坐,山有雾
灰蓝色的雾
我确定里面有什么
就像枯枝,不止是枯枝
其实贴着桃花,去年
开过的花瓣,还有今年未开的
叠在一起,以枯枝的形态
空气变软了,半径是多少
路过的人不知道
会碰在上边,很远
还有对话,你喝过茶了么
喝过,你呢,你喝过了么
立刻浑身颤抖
低气压就开始盘旋
然后是鸟叫,几重奏
最终发起召唤的
只得到一个听众

喜鹊没叫,只是走着而已
解裤带一样弄乱树枝
下山,梅花开了满树
我凑近看了看
想起一些事情,脸红了
心也慌乱了起来

倒卷皮

花草誓

一般来说，要摘花
是可以的
但是要先打招呼
比如梅花，先去提出请求
可以摘你么，它会给你一个答案
什么时候摘，它也会告诉你
今天还是明天，或者几天以后
摘多少，摘哪一枝
到时候你会知道，哪一枝
在风中，在日光中对你摇动
如果它没有答应，不要
轻举妄动，这样对梅花不好
对你也不好，对谁
都不好

影子

深夜一个人走
后面远远有影子叠在
我的影子上
恐惧,加快步伐
影子也加快了
步行变成了逃跑
想尽快走到灯火通明处
影子也是这么想的
站在路口的时候
那影子终于赶了上来
是一个瘦弱的女孩
她看了我一眼
我没有看她,只是喘气

倒卷皮

雨停了

雨下得太久了
终于停了,路面
露出干爽的灰白色
夜晚走起来
就像是走在半旧
的棉质内衣上
舒服啊,说不出来
也说不清楚

鸟叫2

凌晨五点五十五
突然就开始有鸟叫
在北京在广州
都是这个时间
前后可能差一两分钟
开始有鸟叫
经过一个完整的通宵
我确定,杭州也是
你有没有想过
原来我等的是鸟叫

艾略特、何小竹以及动车

看艾略特的《荒原》
赵萝蕤译的版本
这首诗内容的过渡像个谜
比如从四月写到在表兄家滑雪橇
再到欧罗巴知名的算命女人
这中间的过渡有种神奇的质感
让我忍不住来回看
看它是怎么滑动的
但是即便来回看了
依然解不开这个谜
何小竹的小说也是这样
明明说着A,不知道怎么就到了B
最后你在C里面,觉得很舒服
舒服又迷惑,迷惑地忍不住
逆流而上,去找来路
其实来路是可以找到的,就像
刚开始有动车的时候

一天,我和朋友站在动车要经过的地方
他说:你不要眨眼睛,因为动车实在
太快了
你一眨眼,它就不见了
我又紧张又兴奋,说我不眨
动车来了,果然很快
唰,唰——
果然很快就过去了
但并不是说不能眨眼睛
可以眨的,也可以看清楚

图书在版编目（CIP）数据

倒卷皮 / 桑格格著. — 北京：新星出版社，2021.4
ISBN 978-7-5133-4347-3

Ⅰ.①倒… Ⅱ.①桑… Ⅲ.①诗集-中国-当代 Ⅳ.① I227

中国版本图书馆 CIP 数据核字（2021）第 007328 号

倒卷皮

桑格格 著

责任编辑：姜　淮
责任印制：李珊珊
责任校对：刘　义
封面设计：冷暖儿

出版发行：新星出版社
出 版 人：马汝军
社　　址：北京市西城区车公庄大街丙3号楼　　100044
网　　址：www.newstarpress.com
电　　话：010-88310888
传　　真：010-65270449
法律顾问：北京市岳成律师事务所

读者服务：010-88310811　　service@newstarpress.com
邮购地址：北京市西城区车公庄大街内3号楼　　100044

印　　刷：北京天恒嘉业印刷有限公司
开　　本：787mm×1092mm　　1/32
印　　张：8
字　　数：115千字
版　　次：2021年4月第一版　　2021年4月第一次印刷
书　　号：ISBN 978-7-5133-4347-3
定　　价：58.00元

版权专有，侵权必究；如有质量问题，请与印刷厂联系调换。